CATALOGUE

DES

OBJETS D'ART

ET

D'AMEUBLEMENT

DES XVe, XVIe, XVIIe ET XVIIIe SIÈCLES

Marbres, Bois sculptés, Porcelaines, Faïences, Terres cuites

TRÈS BELLE PLAQUE EN FER DAMASQUINÉ OR ET ARGENT

Cires, Bronzes, Cuivres, Cristal de roche

Miniatures

TRÈS JOLIE BOITE A MOUCHES EN OR CISELÉ

MEUBLES DES XVIe ET XVIIIe SIÈCLES

TABLEAUX, DESSINS

TAPISSERIES, ÉTOFFES, TAPIS

DONT LA VENTE AURA LIEU

HOTEL DROUOT, SALLE N° 7

Le Lundi 20 Décembre 1897

A DEUX HEURES ET DEMIE

Par le Ministère de **Me LÉON TUAL**, commissaire-priseur

56, rue de la Victoire, 56

Assisté de **M. HENRI PILLET**, expert

170, rue Legendre, 170

Chez lesquels se trouve le Catalogue

EXPOSITION PUBLIQUE

Le Dimanche 19 Décembre 1897, de 1 heure 1/2 à 5 heures 1/2

CONDITIONS DE LA VENTE

Elle sera faite au comptant.

Les acquéreurs payeront *cinq pour cent* en sus des adjudications.

L'exposition mettant le public à même de se rendre compte de l'état et de la nature des objets, aucune réclamation ne sera admise une fois l'adjudication prononcée.

Paris. Imprimerie de l'Art, E. Moreau et Cⁱᵉ, 41, rue de la Victoire.

VENTE DU LUNDI 20 DÉCEMBRE 1897

HOTEL DROUOT, SALLE 7

A 2 HEURES 1/2

OBJETS D'ART

ET

D'AMEUBLEMENT

DES XVᵉ, XVIᵉ, XVIIᵉ ET XVIIIᵉ SIÈCLES

TABLEAUX, DESSINS

Tapisseries, Étoffes

COMMISSAIRE-PRISEUR	EXPERT
Mᵉ LÉON TUAL	**M. HENRI PILLET**
56, rue de la Victoire, 56	170, rue Legendre, 170

EXPOSITION PUBLIQUE

Le Dimanche 19 Décembre 1897, de 1 heure 1/2 à 5 heures 1/2

DÉSIGNATION DES OBJETS

FAIENCES, PORCELAINES

1 — Deux grands vases en ancienne faïence, à panses rebondies, décorées en bleu. *Fabrique d'Orato.*

2 — Grand médaillon en ancienne faïence italienne, orné de poissons et de fruits en relief, décor polychrome. *Suite de Della Robbia.*

3 — Bénitier en faïence hispano-arabe, à reflets métalliques. xviie siècle.

4 — Grande vasque hispano-arabe en grès de Tolède, ornée d'inscriptions gothiques. xve siècle.

5 à 11 — Six assiettes en faïence de Rhodes, de différents décors. *Ce lot sera divisé.*

12 — PETIT VASE en forme de dragon, en faïence, décor polychrome.

13 — PETITE SALIÈRE hispano-arabe, à reflets métalliques ; elle est supportée par trois chiens figurant les pieds. XVIe siècle.

14 — VASE à panse rebondie en porcelaine de Chine ; décor de personnages et arbustes en bleu.

15 — POT A COUVERCLE en ancienne faïence de Delft, décor polychrome.

16 — VASE de pharmacie en ancienne faïence italienne, décor bleu et jaune.

17 — CHRIST en ancienne faïence de Rouen, décor polychrome.

18 — ASSIETTE, porcelaine de Sèvres, portant le chiffre de Louis-Philippe.

19 — SIX PETITS CARREAUX en faïence de Nevers, à décors d'animaux et de paysages.

20 — Assiette en porcelaine de Sèvres, ornée de
fleurs ; décor en bleu au marli.

21 — Petit vase en ancienne porcelaine de Saxe,
à décor de fleurs ; monture en bronze doré.

22 — Vase en céladon.

23 — Six plats et assiettes en faïence française,
à décor de fleurs.

MARBRES

24 — Médaillon circulaire en marbre blanc,
offrant sur sa face des armoiries. Époque
Louis XIV.

25 — Buste de Bacchus en marbre blanc. Époque
romaine.

26 — Femme debout, marbre blanc. xvie siècle.

27 — Bénitier en pierre sculptée, décoré d'armoiries. xve siècle.

28-29 — Deux dessus de porte en marbre blanc,
offrant sur leur face des griffons. xvie siècle.

30 — BAS-RELIEF en marbre blanc, représentant
la Vierge et l'Enfant entourés d'anges. *École
de Donatello.*

TERRES CUITES

31 — PLAQUE RECTANGULAIRE : sous une arcature
gothique surmontée, à droite et à gauche, de
guirlandes de fleurs, est debout la Vierge
tenant l'Enfant-Jésus dans ses bras ; au-
dessus, une gloire d'anges. *Terre cuite.*
XVe siècle.

32 — STATUETTE EN CIRE représentant un saint
personnage debout, dans un petit meuble
bois noir, formant reliquaire.

33 — GROUPE représentant Pan donnant la pre-
mière leçon de flûte à Apollon. *Terre cuite.*

34 — PSYCHÉ ET L'AMOUR. Reproduction de Ca-
nova. *Terre cuite.*

35 — FEMME ROMAINE, drapée. *Terre cuite.*

36 — VÉNUS CALLIPYGE. *Terre cuite.*

BOIS SCULPTÉS

37-38 — Quatre panneaux en bois sculpté et
doré, décorés de saints personnages. xvie siècle.
Ce lot sera divisé.

39 — Deux médaillons décorés de figures d'évê-
ques, bois sculpté. xvie siècle.

40 — Vierge assise et l'Enfant, bois sculpté.
xive siècle.

41 — Évêque assis, statuette en bois sculpté.
xvie siècle.

42-43 — Quatre chefs reliquaires en bois sculpté
et doré. xvie siècle. Ce lot sera divisé.

44 — Coffret en bois sculpté, décoré de personnages représentant Jésus et Madeleine.
xviie siècle.

45 — Bas-relief, représentant la Sainte-Famille,
sculptée en ronde bosse, décor polychrome.
xvie siècle.

46 — Bas-relief en bois sculpté, représentant l'Adoration des Mages. xvie siècle.

47 — Groupe en bois sculpté, représentant la Vierge et l'Enfant, décor polychrome. xve siècle.

48 — Buste de femme, en bois de noyer sculpté. xvie siècle.

49 — Buste en bois sculpté peint et doré, représentant saint Philippe de Néré. xviie siècle.

5o — Vierge, en bois sculpté. Renaissance.

BRONZES, CUIVRES

51 — Grande lampe de suspension en cuivre repoussé; travail espagnol. xvie siècle.

52 — Faucon émaillé en couleurs. Bronze chinois.

53 — Lustre hollandais en cuivre portant six lumière.

54 — Deux grands chandeliers d'église · en
cuivre ciselé; travail espagnol. xviie siècle.

55 — Ostensoir en cuivre gravé, forme reliquaire.

56 — Très belle plaque en fer damasquiné or
et argent, représentant une chasse au cerf; la
bordure est décorée de fleurs et d'animaux
chimériques; travail italien du xvie siècle.

57 — Deux grands vases en émail cloisonné,
bleu foncé; décor de glaïeuls et jacinthes.

58 — Grand vase en émail cloisonné, fond blanc.

59 — Plat rond en étain. Époque Louis XV.

60 — Deux statuettes en bronze sur socles en
marbre jaune.

61 — Deux appliques en bronze, portant deux
lumières.

62 — Six poignées et entrées de meubles en
bronze. Époque Louis XVI.

63 — Fusil-revolver à quatre coups. Époque Louis XIV.

64 — Épée à croisillons, portant une lame de la manufacture de Tolède. xvie siècle.

65 — Dague à poignée ajourée. Travail espagnol du xvie siècle.

66 — Cinq poignées de meubles en bronze. Époque Louis XVI.

67 — Croix en cristal de roche.

68 — Petite boîte à manches en or, décor à pois semés. Époque Louis XVI.

69 — Deux petites urnes ornées de peintures en vernis Martin, sur fond vert. Époque Louis XVI.

70 — Aquamanile gothique en bronze.

MEUBLES

71 — Grande stalle à dôme en bois sculpté.
xvie siècle.

72 — Grand cabinet en bois, recouvert d'incrustations et d'imitations de sculptures en papier couleur bois.

73 — Chaise en bois sculpté, recouverte d'étoffe vert foncé et frappée. Époque Louis XIII.

74 — Meuble-secrétaire en bois marqueté, garni de bronzes ciselés et dorés. xviiie siècle.

75 — Meuble ancien en bois sculpté, décoré à l'intérieur et à l'extérieur de mascarons en bois sculpté : Têtes de femmes et de guerriers. xviie siècle.

76 — Fauteuil Louis XIII.

77 — Table Louis XV.

78 — Six chaises Louis XV.

79 — Quatre chaises et une coiffeuse Louis XVI.

MINIATURES

80 — Miniature ovale, par *Le Brun :* Portrait de
jeune femme de face, les cheveux blonds fri-
sés, coiffée d'un chapeau de paille garni de
fleurs, elle porte un corsage bleu liseré de
blanc, ouvert sur le devant ; le cou enveloppé
d'un fichu blanc.

81 — Miniature oblongue : Jeune femme vue de
profil et à mi-corps, elle est vêtue d'un corsage velours grenat, le col garni d'un col-
lier.

82 — Miniature, par *Isabey :* Portrait d'homme
vu de face, il porte un costume directoire, la
tête nue laissant flotter une chevelure blanche.
Miniature d'une très grande finesse d'exé-
cution.

TABLEAUX, DESSINS

83 — CUYLENBURG. *Départ pour la chasse.*

> Signé.
> Daté de 1800.

84 — WOUWERMANS (ÉCOLE DE). *Paysage avec cavaliers.*

85 — ÉCOLE ESPAGNOLE. *Paysage boisé.*

86 — ÉCOLE HOLLANDAISE. *Portrait d'homme.*

> Daté 1577.

87 — SIX DESSINS. *Scènes diverses.*

> Aquarellés genre de Gavarni.

88 — UN CARTON de gravures et lithographies peintes.

ÉTOFFES, TAPISSERIES, TAPIS

89 — TAPISSERIE-VERDURE, représentant une entrée de village.

> Au premier plan, de grands arbres et des oiseaux.
>
> *Flandres,* fin du XVIIe siècle.
>
> Haut., 2 m. 58 cent.; larg., 85 cent.

90 — TAPISSERIE, représentant un Paysage.

> Entrée de parc avec grands arbres et oiseaux; au fond, un château. Bordures sur les trois côtés, décorée de fleurs et de vases.
>
> Haut., 2 m. 5o cent.; larg., 2 m. 18 cent.

91 — TAPISSERIE, représentant un Paysage boisé.

> Au premier plan, un pont jeté sur un cours d'eau; au fond, un village. Bordures haut et bas décorées de fleurs et de fruits.
>
> Haut., 2 m. 5 cent.; larg., 3 mètres.

92 — TAPISSERIE, représentant un Paysage boisé.

> Verdure. *Flandres,* XVIIe siècle.
>
> Haut., 2 m. 27 cent.; larg., 67 cent.

93 — TAPISSERIE-VERDURE.

> *Flandres,* XVIIe siècle.

94 — Un lot de bandes et bordures, à décor de
fleurs.

95-96 — Deux coussins en velours vert foncé,
portant des applications en argent. Travail
espagnol du xvie siècle. (Ce lot sera divisé.)

97 — Grand tapis oriental ancien de Khiva,
fond rouge, décoré de palmettes et arabesques
en rouge et jaune; la bordure, fond blanc,
est ornée d'arabesques.

Haut., 2 m. 30 cent.; larg., 1 m. 80 cent.

98 — Tapis de prière, décoré de palmettes et
d'inscriptions; la bordure, fond jaune, est
ornée de croisillons et d'arabesques.

99-100 — Deux grands morceaux en soie rouge,
décorés de palmes et de bouquets, brodés en
or fin. Travail espagnol du xviie siècle. (Ce
lot sera divisé.)

101 — Dix-huit mètres environ toile de Jouy,
fond crème, à décor de fleurs, oiseaux et
médaillons d'amours.

102 — Petit tapis turc en drap fond rouge, décoré de broderies soutachées.

103 — SEPT MÈTRES DE BANDES. Époque Renaissance.

104 — UN FORT LOT de franges et de galons.

105 — HUIT MÈTRES DE BANDES. Tapisserie moderne.

106 — GRANDE CHAPE en soie. Louis XVI.